# Tierische Weihnachten

## Kurt Schmitz

AF188943

Tierisch weihnachtliche Kurzgeschichten
zum Lesen und Vorlesen für Jung und Alt

## Tierische Weihnachtsgeschichten

Bereits Anfang 2004 begann der Autor in seinen Kurzgeschichten Weihnachtsgebäck, Christbaumkugeln, Strohsternen und auch Krippenfiguren Leben einzuhauchen.

Seine Geschichten fanden begeisterte Leser in allen Altersklassen und amüsierten Jung und Alt.

In seinen neuen weihnachtlichen Kurzgeschichten konzentriert sich der Autor nun auf Tiere unterschiedlicher Art. Hunde, Katzen oder auch Wildtiere erleben die Weihnachtszeit auf ihre eigene Weise und unterhalten die Leser so mit einfühlsamen Geschichten.

# Der alte Hund

Traurig schaute der alte Hund durch die Gitterstäbe seines Zwingers. Er hatte sich wie immer in die hinterste Ecke zurückgezogen und beobachtete die Menschen, die an ihm vorbeiliefen. Es war sehr kühl in dem Zwinger und er fühlte sich hier nicht wohl.

Aber was hätte er tun können? Er war jetzt schon einige Monate in dem Tierheim und niemand wollte ihn haben. Als seine frühere Besitzerin gestorben war, hatten die Verwandten, die er noch nie zuvor gesehen hatte und die die Wohnung seines Frauchens aufgelöst haben, kein Interesse an ihm gehabt und ihn ins Tierheim gegeben.

Dort lag der alte Hund nun und träumte davon, wieder bei lieben Menschen wohnen zu dürfen. In einem warmen Hundekorb vor einer Heizung liegen zu können oder vielleicht sogar auf einer Decke in der Nähe eines warmen Kamins.

Der alte Hund seufzte und dachte an die Vergangenheit. Wie schön habe ich es da gehabt, ging ihm durch den Kopf. Mein Frauchen hat sich rührend und aufmerksam um mich gekümmert, seit sie mich als Welpen zu sich genommen hat und obwohl sie damals bereits schon nicht mehr die Jüngste war, hat sie regelmäßig lange Spaziergänge mit mir gemacht.

Aber die schönsten Momente waren die, als mein Frauchen gesungen hat, überlegte der alte Hund. Sein Frauchen war Opernsängerin gewesen und hatte eine wunderschöne Stimme. Oft hat sie zu Hause Konzerte gegeben und viele Leute eingeladen. Gerade zur Weihnachtszeit fanden diese feierlichen Veranstaltungen regelmäßig statt und erfreuten sich großer Beliebtheit im Freundes- und Bekanntenkreis seines Frauchens.

Wenn er alle Gäste begrüßt hatte, durfte er in seinem Hundekorb in einer Ecke des Wohnzimmers liegen, die Gäste beobachten und der schönen Stimme seines Frauchens lauschen. Manchmal wurde sein Frauchen beim Singen von einigen Gästen mit ihren Instrumenten begleitet. Das waren dann ganz besonders schöne Hauskonzerte.

Die Lieder waren mir schon so vertraut, dachte sich der Hund. Manche konnte ich sogar mitjaulen. Frauchen musste dann immer lachen. Da habe ich aber einen sehr musikalischen Hund, hat sie dann amüsiert gesagt.

Aber während der Hauskonzerte jaulte der alte Hund natürlich nur ganz leise mit, so dass ihn niemand hören konnte. Er wollte nicht riskieren, aus dem Wohnzimmer geschickt zu werden.

Der alte Hund war traurig. Jetzt war er zu guter Letzt in einem Tierheim gelandet und musste mit ansehen, wie die Menschen an seinem Zwinger vorbeischlenderten und ihn übersahen. Alle interessieren sich nur für die jungen Hunde oder die, die einen sportlichen Eindruck machen, dachte sich der alte Hund. Mich will niemand mehr haben. Ich bin zu alt und mein Fell ist auch schon ganz struppig geworden und glänzt nicht mehr so wie früher. Eine Träne kullerte aus seinen Augen.

Heute war wieder ein Tag der offenen Tür im Tierheim und so kurz vor Weihnachten waren viele Besucher gekommen. Aber die Besucher waren alle an seinem Zwinger vorbei gegangen. Niemand nahm den alten Hund wahr oder beachtete ihn.

Bei meinem Frauchen war die Weihnachtszeit immer besonders schön, dachte der alte Hund. Der schön geschmückte Tannenbaum mit seinen goldenen Kugeln, der Duft von Braten und Keksen und die vielen besinnlichen Momente, in denen mein

Frauchen weihnachtliche Musik hörte. Auch schienen die Menschen an Weihnachten ganz anders miteinander umzugehen. Sie lachten mehr und redeten auch mehr miteinander. Den tieferen Sinn von Weihnachten hatte er nie verstanden, aber das hatte ihn nicht gestört. Er hatte die Ruhe und den Frieden immer genossen.

Es wird nie wieder so schön werden, wurde dem alten Hund klar. Meine Zeit ist vorbei. Er rollte sich noch enger in seiner Ecke zusammen, um sich in dem kalten Zwinger selbst zu wärmen. Jetzt war er sehr traurig und um sich zu trösten, versuchte er, sich an eines seiner Lieblingslieder, die sein Frauchen immer gesungen hatte, zu erinnern. Es passt zur Jahreszeit, überlegte der alte Hund und dachte ganz fest an die Melodie von "Stille Nacht, Heilige Nacht." Das Lied ließ ihn ruhig werden und von den schönen alten Zeiten träumen.

Mit geschlossenen Augen lag er nun ruhig und entspannt auf seiner Decke und träumte vor sich hin. Nie wieder würde er so schöne Weihnachten erleben wie damals mit seinem Frauchen.

"Den da!", vernahm der Hund plötzlich eine Stimme und öffnete langsam die Augen.

"Sie meinen unseren alten Oskar?", fragte die Tierpflegerin. Die Zwingertür öffnete sich. "Oskar! Komm her!", rief sie dem alten Hund zu und klopfte sich dabei mehrmals auf die Oberschenkel. Irritiert schaute Oskar auf.

"Das ist Oskar. Er ist schon etwas älter, aber ein ganz ruhiger und lieber Hund", erklärte die Tierpflegerin einem Mann und einer Frau, die vor dem Zwinger standen.

Vorsichtig kam der alte Hund näher und lauschte dem Gespräch.

"Wir kennen den Hund", sagte der Mann und die Frau nickte. "Er gehörte einer Freundin von uns, die vor einigen Monaten gestorben ist. Aber wir waren ein Jahr lang im Ausland und wussten nichts davon und als wir zurück gekommen sind, konnte uns niemand sagen, was mit dem Hund geschehen ist. Wir haben nur herausfinden können, dass er in einem Tierheim untergebracht wurde."

Die Tierpflegerin nickte und der Mann fuhr fort: "Seitdem sind wir schon in vielen Tierheimen gewesen und haben nach Oskar gesucht."

"Und fast hätten wir ihn übersehen, als wir hier an den Zwingern vorbeigelaufen sind", sagte die Frau. "Aber dann haben wir einen Hund leise das Weihnachtslied "Stille Nacht, Heilige Nacht" vor sich hinjaulen hören und da wussten wir, dass es Oskar sein muss."

Der alte Hund stand nun vor den dreien und konnte seinen Ohren kaum glauben. Tatsächlich, er kannte den Mann und die Frau. Sie hatten meistens in seiner Nähe gesessen, wenn sein Frauchen zu Hause ein Konzert gegeben hatte und sie hatten ihn während des Konzerts oft amüsiert ange-schaut.

"Er hat auch während der Konzerte oft leise mitgejault", lachte die Frau dann plötzlich. "Aber wir mochten den Hund immer gern und uns hat das Jaulen nicht gestört. Ich glaube, der Hund hat noch nicht einmal bemerkt, dass er gejault hat."

Nun schämte sich Oskar. Er hatte doch immer versucht, während der Hauskonzerte nur ganz leise zu jaulen. Und trotzdem hatte man ihn scheinbar hören können. So wie heute auch.

"Wir wollen ihn mit nach Hause nehmen und ihn bei uns aufnehmen", sagte der Mann plötzlich und Oskars Herz machte einen Freudensprung. "Unsere verstorbene Freundin hat den Hund geliebt und wir wollen uns schon lange einen Hund anschaffen. Eine schönere Erinnerung an unsere Freundin kann es gar nicht geben."

Oskar war glücklich und jubelte innerlich. Endlich kam er aus dem Tierheim heraus. Und plötzlich verstand er, was Weihnachten so besonders machte: Es war der Moment, in dem man sich in einem Zuhause herzlich willkommen fühlte.

# Die kleine Maus

Vorsichtig schaute die kleine Maus aus ihrem Versteck im Fußboden des großen Wohnzimmers. Erst vorgestern hatte sie sich heimlich über die Terrassentür ins Wohnzimmer geschlichen und kurz darauf einen Spalt in den Bodendielen gefunden. Nachdem sie dort hineingeschlüpft war, fand sie einen Hohlraum vor, der ihr als Winterquartier vollkommen ausreichen würde.

Sie hatte sich ein kleines Nest mit Staubwolken gebaut, die sie in den Ecken des Wohnzimmers gefunden hatte und betrachtete zufrieden ihr neues gemütliches Heim. Ja, hier war sie richtig. Sie war glücklich, den Winter in einem warmen Haus verbringen zu können, statt draußen in der Kälte bei Wind, Eis und Schnee. Hier drinnen ließ es sich gut überwintern.

Den Tag über war die Maus in ihrem Versteck geblieben, da die Bewohner des Hauses viel Zeit im Wohnzimmer verbracht hatten. Sie hatte viele ihr unbekannte Geräusche gehört, Gelächter, aufgeregte Kinderstimmen und immer wieder die Worte "Weihnachten" und "Fest der Liebe".

Das scheint wohl etwas besonderes zu sein,

dachte sich die kleine Maus und wurde neugierig. Sie beschloss, sich am Abend etwas genauer im Wohnzimmer umzuschauen. Irgend etwas Außergewöhnliches schien hier vor sich zu gehen.

Und endlich war es soweit. Als die kleine Maus keinen Menschen mehr hören konnte, verließ sie ihr Versteck und kletterte nach oben auf den Wohnzimmerboden.

Vorsichtig richtete sie sich auf und ließ ihren Blick durch den großen Wohnraum gleiten. Und sie staunte nicht schlecht. In der einen Ecke des Wohnzimmers stand ein sehr großer Tannenbaum. Aber das ist nicht einfach nur ein Tannenbaum, dachte sich die Maus. Nein, das ist das schönste, was ich je gesehen habe. Der Tannenbaum ist voll mit Lichtern. Und wie schön diese leuchten. Und oben auf der Spitze steckt ein großer goldener Stern. Und die runden Kugeln, die an den Tannenzweigen hängen. Wie schön sich das Licht darin spiegelt. Die Maus war ganz außer sich vor Freude. So etwas hatte sie noch nie gesehen. Andächtig ging sie näher an den Tannenbaum heran. Das muss also Weihnachten sein, dachte sie sich. Ein geschmückter und leuchtender Tannenbaum, der das Zimmer in ein warmes gemütliches Licht taucht.

Jetzt weiß ich, warum die Menschen heute so aufgeregt waren. Der Baum stand heute Morgen noch nicht da. Sie müssen ihn heute erst aufgestellt haben.

Dann schaute sie sich weiter um.

Was ist das?, fragte sie sich, als sie in einer Ecke des Wohnzimmers eine Ansammlung an bunten Paketen und verpackten Gegenständen sah. Sie ging näher darauf zu.

Das sind ja alles Geschenke, stellte sie erstaunt fest. So viele Überraschungen. Weihnachten schien wirklich ein ganz besonderes Fest zu sein.

Ihr Blick huschte quer durch das Wohnzimmer zurück zum Tannenbaum.

Die Maus stutzte. Das konnte doch nicht wahr sein... lag dort wirklich... die Maus schluckte... tatsächlich... unter dem Tannenbaum lag Käse. Ihr Herz pochte ganz aufgeregt. Käse, einfach so. Dort lag Käse. Die Maus machte einen Freudensprung.

Weihnachten ist toll, piepste sie ganz laut und war vor lauter Glück ganz außer sich.

So schnell sie konnte, rannte sie auf den Käse zu. Die Bewohner des Hauses hatten sie wohl vorgestern doch hereinkommen sehen. Anders konnte es sich ja gar nicht verhalten. Obwohl sie so vorsichtig gewesen war, um unentdeckt zu bleiben, so war der Käse doch ein eindeutiges Zeichen dafür, dass sie gesehen worden war.

Aber was spielte das jetzt noch für eine Rolle? Sie war hier gern gesehen und herzlich willkommen. Schließlich hatte man zu Weihnachten auch an sie gedacht und ihr auch ein Geschenk hingelegt. Die Maus hatte Tränen vor Freude in den Augen.

Wie wunderbar, dachte sie sich. Und nur für mich. Und wie liebevoll die Bewohner den Käse für mich präsentieren. Ein mit glänzendem Draht umgebener Raum und am Ende des kleinen Raums liegt der Käse auf einem Metallstab. Das ist wie ein Käsepalast, dachte sich die kleine Maus und freute sich. Ich liebe die Menschen.

Sie putzte kurz ihr Fell und betrat dann andächtig und würdevoll den kleinen glänzenden Raum, an dessen Ende der Käse wie ein goldener Gral nur auf sie wartete. Sie schnupperte und eine Gänsehaut durchfuhr sie. Köstlich, einfach köstlich. Schade, dass ich nicht schnurren kann, dachte sich die Maus. Das wäre jetzt genau der richtige Moment dafür. Für einen kurzen Augenblick beneidete sie die sonst so verhassten Katzen.

Heute ist Weihnachten, sagte sie sich. Das Fest der Liebe. Und da ist alles anders. Sie schluckte vor Rührung.

In der Zwischenzeit war sie bei dem Käse angekommen. Esse ich ihn gleich, überlegte sie, oder nehme ich ihn mit in mein Versteck? Sie zögerte etwas, als sie mit der Nase näher an den Käse heran ging. Ich glaube, ich nehme ihn erst einmal mit und esse ihn dann gemütlich in meinem Nest. Dann schob die Maus bedächtig ihre Schnauze nach vorne, öffnete sie und biss zu...

Verwundert und erschrocken sah die Maus im gleichen Moment, wie sich der Metallstab verschob und ein Mechanismus sich abrupt in Bewegung setzte. Ein Draht schnellte nach oben und eine Klappe senkte sich rasend schnell auf den Ausgang zu. Die Maus bekam Panik und wusste schlagartig Bescheid: Sie war in eine Mausfalle geraten. Ihr Nackenfell sträubte sich und sie wurde sich ihrer lebensgefährlichen Situation bewusst. Das ist mein Ende, dachte sie verzweifelt.

Doch dann stoppte der Mechanismus plötzlich und es wurde wieder ruhig um sie herum. Irgend etwas an der Mausefalle musste sich verklemmt haben.

Die Maus reagierte sehr schnell. Sie biss in den Käse, nahm ihn in die Schnauze, drehte sich herum und rannte aus der Mausfalle heraus, so schnell ihre kleinen Pfoten sie tragen konnten.

Als sie schließlich erschöpft in ihrem Versteck angekommen war, atmete sie tief durch. Das war knapp.

Die Maus wartete eine Weile ab, ging dann vorsichtig zu dem Spalt in der Bodendiele zurück und spähte aus ihrem Versteck. Das Wohnzimmer war still und friedlich und der Tannenbaum leuchtete unverändert in seiner vollen Pracht. Auch die Mausefalle befand sich noch immer an dem Platz, an dem die Maus sie verlassen hatte.

Da habe ich großes Glück gehabt, dachte die kleine Maus. Das grenzt ja schon an ein Wunder. Sie musste schmunzeln. Das muss ein Weihnachtswunder gewesen sein.

Und hätte sich die Maus in diesem Moment nicht wieder in ihr Versteck zurückgezogen, hätte sie gesehen, dass der große goldene Stern auf dem Tannenbaum für einen kurzen Moment ganz besonders hell aufleuchtete. Es war fast so, als hätte der goldene Stern der Maus zugezwinkert.

# Das Rentier

Er hieß nicht Rudolph und er war auch nicht das Rentier, über das man den bekannten Song "Rudolph, the red nosed reindeer..." sang. Nein, das war er nicht. Und es ging auch nicht um ihn in diesem Lied. Er hieß einfach nur Wolfgang und sah aus wie jedes andere normale Rentier auch.

Aber Wolfgang hatte jedes Jahr das Privileg, mit anderen Rentieren zusammen den Schlitten vom Weihnachtsmann ziehen zu dürfen. Er wusste, dass das etwas besonderes war und trotzdem hatte er den Wunsch, mal gerne im Mittelpunkt zu stehen. So wie Rudolph, das Rentier mit der roten Nase.

Als wieder ein Jahr vergangen war und Weihnachten nahte, begann der Weihnachtsmann seinen Schlitten zu beladen. Viele Geschenke, groß und klein, rund und eckig, mussten rechtzeitig zu Weihnachten ausgeliefert werden.

Zwischendurch sah der Weihnachtsmann regelmäßig nach seinen Rentieren. Er achtete darauf, dass es ihnen gut ging. Schließlich mussten sie den schweren Schlitten mit den Geschenken ja durch die Luft ziehen und viele

Kilometer hinter sich bringen, ohne müde zu werden. Und dazu mussten sie gesund und fit sein.

Der Weihnachtsmann gab ihnen also reichlich gutes Futter und frisches Wasser. Er striegelte ihr Fell und sorgte dafür, dass sie immer frisches Heu im Stall hatten.

Als der Weihnachtsmann an Wolfgang vorbei ging und ihm den Kopf streichelte, fiel ihm auf, dass Wolfgang traurig aussah. "Was hast du denn?", fragte der Weihnachtsmann, aber Wolfgang, der ja nur ein Rentier war, konnte dem Weihnachtsmann leider nicht antworten, auch wenn er dessen Worte gut verstehen konnte.

"Ich gebe dir noch eine extra Portion Heu", sagte der Weihnachtsmann, "vielleicht hilft das gegen deine Traurigkeit."

Doch Wolfgangs Stimmung hellte sich nicht auf. Er freute sich zwar über die Extraportion Heu, aber sein innigster Wunsch, einmal im Mittelpunkt zu stehen, erfüllte sich hierdurch leider auch nicht. Er war halt ein einzelnes Rentier in einer Gruppe von vielen anderen Rentieren.

Die Tage vergingen und es wurde Heilig

Abend. Der Weihnachtsmann führte alle Rentiere nacheinander aus dem Stall und spannte sie vor den großen Schlitten. Auch Wolfgang nahm seinen zugewiesenen Platz ein. Dann prüfte der Weihnachtsmann, ob alle Geschenke fest verschnürt waren, setzte sich auf den Fahrersitz des Schlittens und rief laut: "Ho! Ho! Ho!" Ruckartig setzte sich der große Schlitten in Bewegung und flog hoch hinauf, damit der Weihnachtsmann seine Geschenke auf der Erde verteilen konnte.

Die Rentiere hatten zunächst große Mühe, den schweren Schlitten fortzubewegen, aber nach und nach wurde der Schlitten immer schneller und flog in Windeseile durch die Lüfte.

Doch dann geschah es. Eines der Rentiere hatte einen Stern, an dem sie vorbei flogen, übersehen und stieß mit einem Huf dagegen. Das Rentier stolperte, verlor den Halt und begann zu stürzen. Auch die anderen Rentiere kamen nun aus ihrem Laufrhythmus heraus und nun kam zusätzlich auch noch der schwere Schlitten ins Trudeln.

Verzweifelt versuchte der Weihnachtsmann, den Schlitten in der Flugbahn zu halten. Doch dieser schlingerte hin und her und ein Rentier nach dem anderen begann zu straucheln und die Ladung auf dem Schlitten drohte sich zu lösen und herunter auf die Erde zu fallen.

Voller Panik und völlig verzweifelt zog der Weihnachtsmann an den Zügeln, aber der Schlitten war kurz davor, umzukippen und seine kostbare Ladung zu verlieren.

Auch Wolfgang war ins Straucheln gekommen und drohte zu stürzen, so sehr war auch er aus dem Gleichgewicht geraten. Und da es den anderen Rentieren nicht anders erging, schien die Katastrophe unvermeidbar zu sein.

Das darf nicht passieren, dachte Wolfgang plötzlich und konzentrierte sich ganz fest darauf, weiter zu laufen, legte sich leicht zur Seite und versuchte so, ein Gegengewicht zu seinem Nachbarn zu halten. Es war enorm schwer für ihn, doch Wolfgang strengte sich sehr stark an. Er ächzte und stöhnte und der Schweiß brach ihm aus. Doch er gab nicht auf. Mit immer größer werdender Anstrengung zog er das Nachbarrentier zu seiner Seite hinüber, so dass dieses wieder ins Gleichgewicht kommen konnte. Wolfgangs Muskeln und Nerven waren angespannt wie Drahtseile. Aber dann klappte es tatsächlich. Das neben ihm laufende Rentier fand sein Gleichgewicht wieder und nach und nach brachten sie gemeinsam zunächst das hinter sich laufende

Rentierpaar ins Gleichgewicht zurück und dann alle anderen folgenden Rentiere. Schon nach kurzer Zeit glitt der Schlitten wieder in einer ruhigen Bahn durch die Luft.

Der Weihnachtsmann atmete tief durch. "Gut gemacht!", rief er seinen Rentieren zu. "Das habt ihr sehr gut gemacht!" Er war sehr erleichtert darüber, dass die Katastrophe vermieden worden war.

Als der Schlitten Stunden später nach getaner Arbeit wieder zu Hause landete und der Weihnachtsmann die Rentiere in den Stall gebracht hatte, ging er nochmals zu Wolfgang und streichelte ihm über den Kopf. "Ich habe genau gesehen, dass du den Schlitten gerettet hast", sagte der Weihnachtsmann zu Wolfgang. "Das hast du wirklich gut gemacht. Danke schön!" Wolfgang freute sich über das Lob, auch wenn er noch immer die große Anstrengung in seinem Körper spüren konnte. Seine Muskeln und Gelenke taten ihm immer noch sehr weh.

"Das hast du wirklich gut gemacht", wiederholte Wolfgang die Worte vom Weihnachtsmann und war ganz stolz auf sich. Glücklich schaute er sich um und die anderen Rentiere nickten ihm anerkennend zu.

Ganz schön anstrengend, im Mittelpunkt zu stehen, dachte Wolfgang plötzlich und lachte in sich hinein. Das hatte ich mir einfacher vorgestellt. Eine rote Nase und ein Lied über mich hätten mir auch gereicht.

# Die Wildgans

Es war bereits Winter geworden und die Luft war eisig und kalt. Hilde, die Wildgans, hatte sich von Sibirien aus auf den langen Weg nach Deutschland gemacht. Über Tausende von Kilometern lagen vor ihrer Gruppe und ihr gemeinsames Ziel war das deutsch-holländische Grenzgebiet, wo es im Winter über wesentlich milder war, als in Sibirien. Hier konnten die Wildgänse auch in der kalten Jahreszeit genug zu Fressen finden, während ihre Brut- und Futterplätze im sibirischen Winter unter tiefem Schnee bedeckt lagen.

Hilde war eher eine Einzelgängerin. Sie konnte das Geschnatter der anderen Wildgänse nicht leiden und hielt sich eher abseits von der Gruppe. Sie schloss sich der Gruppe nur an, wenn sie sich auf den langen Weg ins Winterquartier machte.

Nun waren sie schon ein paar Tage unterwegs und Hilde hatte große Mühe, mit der Gruppe mitzuhalten. Auch die Flugpausen hatten ihr zu wenig Energie gegeben, um mühelos mit den anderen mitfliegen zu können.

Ich bin zu alt, dachte Hilde, aber sie versuchte weiterhin, die Gruppe, die vor ihr flog, nicht zu verlieren und den Abstand nicht zu groß werden zu lassen. Doch es kostete sie sehr viel Kraft.

Hoffentlich schaffe ich es bis zum Winterquartier, überlegte sie, sonst werde ich den Winter nicht überleben. Hilde strengte sich noch mehr an.

"Können wir ein wenig langsamer fliegen?", rief sie der vor ihr fliegenden Wildgans zu.

Doch die schüttelte nur den Kopf und antwortete: "Leider nein, wenn wir es nicht rechtzeitig nach Deutschland schaffen, haben wir alle keine Energie mehr, um den Flug zu überstehen. Du musst dich mehr anstrengen." Dann sagte sie leise zu einer anderen Gans: "Ich glaube nicht, dass Hilde es bis zum Ziel schaffen wird. Sie ist schon zu alt und die Reise ist für sie zu anstrengend. Da muss schon ein Wunder geschehen, wenn sie es schaffen will. Arme Hilde."

Aber Hilde kämpfte sich tapfer vorwärts. Leider aber wurde sie von Kilometer zu Kilometer immer schwächer. Sie atmete bereits jetzt sehr schwer und die Flügel taten ihr ungemein weh.

"Können wir nicht wenigstens mal eine Pause

machen?", rief sie den anderen zu. Doch sie bekam keine Antwort. Die anderen Wildgänse waren bereits so weit von ihr entfernt, dass sie Hilde nicht mehr hören konnten.

Hilde bekam es mit der Angst zu tun. Ich werde sterben, schluchzte sie und schaute den anderen Wildgänsen hinterher. Sie bemerken noch nicht einmal, dass ich den Anschluss verliere, stellte sie traurig fest und die Tränen kullerten aus ihren Augen.

Mit ganzer Kraft schlug Hilde ihre Flügel, doch jeder Flügelschlag kostete sie sehr viel Überwindung, da ihr ganzer Körper so schmerzte.

Ich muss landen, dachte sie plötzlich, und blickte nach unten, doch ihr wurde klar, dass sie dann ihre Gruppe nie wieder aufholen würde. Alleine werde ich es nie schaffen, wusste sie. Aber, sie schöpfte Hoffnung, wenn ich es wenigstens bis zu unserem nächsten Rastplatz schaffe, dann kann ich mich der Gruppe wieder anschließen. Weit kann es ja nicht mehr sein.

Hilde riss sich zusammen. Doch sie hatte ihre Kräfte bereits aufgebraucht. Sie schaffte es kaum noch, ihre Flügel auf und ab zu schwingen und das Atmen tat ihr weh.

Das war's, dachte sie, als sie merkte, dass sie unkontrolliert an Höhe verlor. Sie wurde traurig. Gern hätte sie noch einmal das Winterquartier im Rheinland besucht und sich so richtig satt gefressen. Aber so sollte es wohl nun nicht sein.

Hilde schloss die Augen und zog die Flügel ein. Es wäre ein Wunder gewesen, wenn ich die lange Reise noch geschafft hätte, dachte sie, aber eigentlich habe ich gewusst, dass diese Reise meine letzte sein würde. Hilde bereitete sich innerlich darauf vor, sich nie wieder in die Lüfte zu erheben.

Jetzt sollte das Unvermeidbare schnell gehen. Hilde senkte den Kopf nach unten und stürzte mit hoher Geschwindigkeit auf die Erde zu. Der Wind pfiff ihr um die Ohren und ihr wurde ganz schwindelig. Bald ist es vorbei, sagte sie sich, um sich selbst zu beruhigen.

Dann war es soweit. Mit einem lauten Knall schlug Hilde fest auf etwas Hartes auf. "Aua!", schrie sie und öffnete benommen die Augen. So tief konnte sie gar nicht gefallen sein. Es war viel zu schnell gegangen. Hilde schaute sich um und blickte verwundert auf den großen Mann vor ihr.

"Bin ich tot?", fragte sie ihn noch völlig

benommen.

Der Mann lachte nur und fragte: "Wer bist du denn und wo kommst du her?"

"Ich bin Hilde", antwortete sie. "Ich war auf dem Weg ins Winterquartier. Aber ich bin zu alt für die lange Reise und bin abgestürzt. Und jetzt bin ich tot."

Der Mann lachte wieder. "Nein, du bist nicht tot", sagte er. "Ich bin der Weihnachtsmann und du bist auf meinen Schlitten gefallen."

Hilde schaute sich um. Tatsächlich, stellte sie fest, sie befand sich auf einem großen roten Schlitten, der durch die Luft flog.

"Ich musste den Schlitten reparieren und jetzt mache ich gerade eine Testfahrt", sagte der Weihnachtsmann.

Dann schaute er zu Hilde. "Wo musst du denn hin?", fragte er sie schließlich.

Hilde hatte sich zwischenzeitlich aufgesetzt. "Ich will an die deutsch-holländische Grenze ins Winterquartier. Ist es noch weit bis dort hin?"

Der Weihnachtsmann dachte kurz nach. "Ja,

bis dorthin ist es noch ein ganzes Stück."

Hilde schluchzte. "Das schaffe ich leider nicht mehr. Dazu fehlt mir die Kraft. Ich kann nicht mehr weiter fliegen."

Der Weihnachtsmann dachte kurz nach. "Hm, kein Problem", meinte er dann. "Wohin ich mit dem Schlitten fliege, spielt für mich ja keine Rolle. Ich bringe dich in dein Winterquartier." Dann zeigte er auf seine Sitzbank. "Komm, setz dich zu mir und genieße den Flug."

Hildes Herz klopfte vor Freude ganz laut.

"Danke", sagte sie schließlich und musste schlucken. Nun war wohl doch ein Wunder geschehen. Ein richtiges Weihnachtswunder.

# Der Elefant

Herkules lebte gerne im Zoo. Er war im Laufe all der Jahre, die er nun schon im Zoo verbracht hatte, zu einem Star bei den Besuchern geworden.

Seine beeindruckende Körpergröße von fast drei Metern und die fast zwei Meter langen Stoßzähne faszinierten die Zoobesucher, so dass sie oft sehr lange an seinem Gehege stehen blieben und ihn bewunderten.

Auch sein Tierpfleger, und das spürte Herkules genau, bewunderte seine stattliche Erscheinung. Herkules war ein erfahrener und ausgewachsener Elefantenbulle, der immer wusste, was er wollte. Und das respektierte sein Pfleger.

Aber Herkules war auch zufrieden mit seinem Leben. Er hatte ein sehr großes Gehege und seit er in dem Zoo untergebracht war, fühlte er sich sicher und gut aufgehoben. Hier jagten ihn keine Wilderer mehr und er hatte immer genug zu fressen und zu trinken. Und wenn er von seinem Pfleger zur Körperpflege mit einem Wasserschlauch abgespritzt und danach abgeschrubbt wurde, war er der glücklichste Elefant, den es gab.

Seinen Pfleger mochte er sehr und er würde ihm nie etwas zuleide tun. Und dass der Pfleger ihn mochte, spürte Herkules ganz deutlich. Sein Instinkt täuschte ihn nie.

"Weihnachten steht vor der Tür!", sagte sein Pfleger eines Tages zu ihm. "Du kannst dich schon darauf freuen. Da gibt es wieder besondere Leckerbissen für dich."

Herkules, der jetzt im Winter die meiste Zeit über in einem warmen Stall verbrachte, nickte mit seinem großen Kopf.

"Du hast also verstanden", sagte sein Pfleger und lachte. "Dachte ich es mir doch."

Herkules nickte noch einmal mit dem Kopf. Er kannte die Weihnachtszeit bereits und wusste, dass es dann immer besonders große Essensrationen gab. Frisches Gemüse und knackiges Obst und noch vieles mehr. Er freute sich schon sehr darauf und wenn es zur Weihnachtszeit nicht immer so kalt und dunkel wäre, würde er am liebsten das ganze Jahr über Weihnachten haben wollen.

Aber jetzt war es ja bald soweit und er konnte das Weihnachtsfest kaum noch abwarten. Lange konnte es ja nicht mehr dauern.

Die Tage vergingen und eines Tages erschien sein Pfleger mit einer großen Schubkarre vor seinem Stall. "Fröhliche Weihnachten!", rief sein Pfleger ihm zu und Herkules hob den Rüssel und trompetete erfreut ein kurzes Signal. Aber dann stutzte er. Durch die Gitterstäbe konnte Herkules die Schubkarre sehen. Aber was ist das?, fragte er sich. In der großen Schubkarre konnte er weder Obst noch Gemüse entdecken. Es lagen nur trockene Bäume darin. Herkules war enttäuscht. Das konnte doch unmöglich wahr sein. Sein Pfleger wollte ihm doch wohl nicht allen ernstes diese alten vertrockneten Bäume zu Fressen geben?

Nun trompetete Herkules wütend durch seinen Rüssel.

"Was ist los mit dir?", fragte sein Pfleger. "Habe ich dich erschreckt oder gefällt dir etwas nicht?" Beruhigend redete der Pfleger auf Herkules ein. "Schau, Herkules! Heute bekommst du mal etwas ganz anderes zu fressen. So etwas haben wir bisher noch nie in unserem Zoo verfüttert. Und das gibt es nur zur Weihnachtszeit."

Herkules war beleidigt und machte ein paar Schritte zurück. Er hatte sich so sehr auf Weihnachten gefreut. Auf Unmengen von frischem Gemüse und bergeweise Obst.

"Stell dich nicht so an!", sagte sein Pfleger und schob einen der trockenen Bäume in seinen Stall. "Wenigstens probieren könntest du mal", bat er den Elefanten.

Doch Herkules wollte nicht. Was sollte das für ein Weihnachtsfest sein? All die Jahre zuvor hatte er das Fest geliebt und jetzt sollte er nur trockene Bäume zu fressen bekommen? Nein, das gefiel ihm gar nicht. Abwechselnd betrachtete Herkules seinen Pfleger und dann wieder die getrockneten Bäume.

Der Pfleger lachte. "Nun mach schon!", sagte er. "In anderen Zoos gibt es die Bäume schon seit Jahren zu fressen und die anderen Elefanten reißen sich darum." Er griff nach einem weiteren Baum, der in der Schubkarre lag und schob ihn ebenfalls durch die große Futterluke in den Stall von Herkules.

Aber Herkules bewegte sich nicht vom Fleck. Sein Instinkt riet ihm davon ab, den unbekannten Baum zu probieren.

"Komm, sei kein dummer Junge!", versuchte der Pfleger ihn zu locken. "Das schmeckt wirklich gut."

Herkules betrachtete den vertrockneten Baum

aus sicherer Entfernung und schüttelte energisch den Kopf.

"Du willst nicht?", fragte der Pfleger. "Dann muss ich ihn wohl selbst essen."

Diesmal nickte Herkules.

Sein Pfleger amüsierte sich köstlich.

"Du bist schon ein komisches Tier. Manchmal glaube ich, du kannst wirklich alles verstehen, was ich sage."

Er schaute Herkules an. Dann nahm er die übrigen Bäume von der Schubkarre und schob auch diese durch die Futterluke in den Stall.

"Du kannst sie ja mal in Ruhe probieren", sagte der Pfleger, wandte sich um und ging.

Herkules schaute ihm hinterher. Heute ist Weihnachten, dachte er. Das Fest der Freude. Und ich bekomme nur ein paar trockene Bäume zu fressen. Er war sehr enttäuscht von seinem Pfleger. Sein Instinkt hatte ihn wohl getäuscht. Sein Pfleger schien es doch nicht immer gut mit ihm zu meinen. So hatte er sich Weihnachten wirklich nicht vorgestellt.
Nach einiger Zeit hörte Herkules, wie sein

Magen knurrte. Er hatte vorher gar nicht bemerkt, dass sein Hunger schon sehr groß war. Er schaute sich in seinem Stall um. Was sollte er denn nur fressen? Außer den alten Bäumen hatte ihm der Pfleger nichts zu fressen da gelassen.

Dann fresse ich eben nichts, beschloss er und stellte sich demonstrativ in eine Ecke seines Geheges.

Doch Herkules` Hunger wurde immer größer und nach einer Weile beschloss er, sich den getrockneten Bäumen vorsichtig zu nähern und sie sich zumindest mal von der Nähe anzusehen.

Hm, kleine grüne Nadeln sind daran, stellte er erstaunt fest. Sehen irgendwie ein bisschen aus wie die Akazien, die ich damals in Afrika gefressen habe.

Vorsichtig streckte Herkules seinen Rüssel aus. Die Bäume riechen gar nicht so schlecht, ging ihm ein Gedanke durch den Kopf und schließlich zupfte er zaghaft an einem der Zweige.

Im gleichen Moment knurrte sein Magen enorm laut. Herkules reagierte sofort, schnappte sich mit seinem Rüssel einen großen Ast, zog ihn zu sich heran und steckte ihn sich in den Mund.

Vorsichtig kaute er auf dem Ast herum.

Lecker!, schoss es ihm durch den Kopf. Wirklich sehr lecker. Dieser harzige Geschmack. Das ist ja wunderbar. Herkules war begeistert. Das schmeckte ja viel besser, als es aussah. Schon griff er nach dem nächsten Ast und stopfte ihn sich ebenfalls in den Mund.

Lachend trat sein Pfleger, der sich nur versteckt hatte, an seinen Stall heran. "Siehst du, du alter Dickkopf. Schmeckt doch gut. Hättest dich gar nicht so anstellen müssen."

Herkules nickte.

"Das sind die Tannenbäume, die sich in diesem Jahr nicht verkaufen ließen", sagte der Pfleger schließlich. "Wir bekommen sie von den Händlern geschenkt, damit sie nicht weggeworfen werden müssen. Lass es dir schmecken, du alter Dickhäuter. Auch in deinem Alter kann man scheinbar noch etwas dazulernen."

Herkules nickte und trompetete kurz auf.
"Du hast wohl gedacht, du bekommst Unge-

nießbares zu fressen?", fragte ihn der Pfleger. "Da solltest du mich aber besser kennen!"

Herkules blickte seinen Pfleger an und nickte. Dann trat er langsam näher und legte dem Pfleger seinen Rüssel vorsichtig auf die Schulter.

Der Pfleger betrachtete Herkules und schließlich hatte er verstanden. "Entschuldigung angenommen!", sagte er und lächelte. "Schöne Weihnachten, alter Freund."

## Das Eichhörnchen

Timmy war ganz aufgeregt. Wie verrückt sprang er auf seinem Tannenbaum auf und ab.

"Die nehmen mir mein Zuhause weg!", rief er und seine Stimme überschlug sich fast. "Ich wohne doch hier. Das könnt ihr nicht machen!"

Aus Angst vor den Menschen sprang Timmy mit einem großen Satz auf einen Nachbarbaum, der sich nur wenige Meter von seinem Zuhause entfernt befand. Dort hockte bereits Manfred, ein anderes Eichhörnchen, der in dem Baum lebte und mit Timmy befreundet war. Manfred schaute Timmy erschrocken an.

"Was ist denn passiert?", wollte Manfred wissen. "Warum bist du so aufgeregt?"

Timmy zeigte mit der Pfote auf seinen Baum, den er erst im Frühjahr diesen Jahres entdeckt und bezogen hatte. Der Baum hatte ihm gut gefallen, obwohl dieser bereits sehr alt war und ganz in der Nähe eines belebten Marktplatzes stand. Aber er hatte lange nach einem geeigneten Baum gesucht und diesen direkt gemocht. Schon in kürzester Zeit hatte er sein Nest auf einem der stabilen Äste hoch oben gebaut und sich häuslich eingerichtet.

"Die Menschen zerstören meinen Baum", sagte er. "Seit heute Morgen schon klettern sie an ihm herauf und einige Leitern haben sie auch schon an ihn heran gestellt. Sie werden ihn absägen und mitnehmen."

Timmy holte tief Luft. "Es ist alles so schrecklich", seufzte er. "Jetzt hatte ich endlich ein schönes Zuhause gefunden und jetzt wird es zerstört."

Manfred klopfte Timmy tröstend auf die Schulter. "Das tut mir leid für dich", sagte er. "Das ist wirklich schlimm."

Dann zeigte er mit seiner Pfote auf einen großen Ast, der sich rechts von ihnen befand.

"Schau!", sagte er zu Timmy, "das ist doch ein schöner stabiler Ast. Wenn du magst, kannst du erstmal dort ein Nest bauen und hier bei mir wohnen. Dann kannst du dir in Ruhe einen neuen eigenen Baum suchen."

Dankbar schaute Timmy zu Manfred. "Du bist wirklich ein guter Freund", sagte er. "Auch wenn mir das unangenehm ist, nehme ich dein Angebot natürlich gern an." Timmy umarmte Manfred. "Danke", sagte er tapfer, aber er konnte seine Traurigkeit kaum verbergen. Er hatte seinen alten Baum so sehr gemocht.

Aber was blieb Timmy anderes übrig? Notgedrungen baute er sich ein Nest, das als Übergangsquartier dienen sollte und als die beiden am Abend noch gemeinsam einige Haselnüsse aufbrachen, um sie zu essen, schauten sie zu Timmys Baum herüber.

"Wir können froh sein, dass die Menschen meinen Baum nicht auch noch fällen wollen", sagte Manfred zu Timmy. "Sonst hätten wir jetzt beide kein Zuhause mehr."

Timmy pflichtete ihm bei. "Da hast du natürlich recht." Aber wirklich trösten konnten ihn die lieb gemeinten Worte seines Freundes nicht. Zu sehr vermisste er sein Zuhause.

Schon kurze Zeit später hüpfte jedes der beiden Eichhörnchen in sein Nest und schlief ein.

Auch am nächsten Tag wurden sie immer wieder von den Menschen gestört, weil diese noch immer an dem Baum arbeiteten, den Timmy so plötzlich verlassen musste. Timmy vermied jeden Blick in Richtung seines alten Zuhauses. Zu tief saß der Schmerz, dass er den Baum aufgeben musste.

Den ganzen Tag über sammelten und versteckten Timmy und Manfred Vorräte. Es hatte noch nicht geschneit und hier und da fanden Sie noch Nüsse oder Zapfen, die ihnen die lange Winterzeit über als Nahrung dienen konnten.

Am späten Nachmittag, als es langsam dunkel wurde, trafen sie sich wieder auf Manfreds Baum. Jeder von ihnen hielt eine Haselnuss in den Händen und gemütlich begannen sie, sich ihre Mägen voll zu stopfen.

Plötzlich wurde es taghell um sie herum. Die beiden Eichhörnchen erschraken ganz furchtbar und wurden ganz aufgeregt. Ängstlich klammerten sie sich aneinander fest.

"Was ist das?", schrie Manfred.

"Ich glaube, der Baum brennt!", rief Timmy.

Die beiden zitterten vor Aufregung. "Wie kann das sein?", sagte Manfred, "Ich rieche gar keinen Rauch und ein Feuer kann ich auch nicht sehen." Die belden kauerten sich ganz eng zusammen und starrten in die Richtung, in der Timmys Baum stand.

"Ich kann kaum etwas sehen", sagte Manfred schließlich. "Die vielen Äste von meinem Baum versperren mir die Sicht."

Vorsichtig kletterte Manfred auf einem Ast nach vorne, um einen besseren Blick auf Timmys Baum zu haben.

"Sei vorsichtig!", ermahnte ihn Timmy. "Das könnte gefährlich sein."

Doch Manfreds Neugier siegte.

"Was siehst du?", fragte Timmy ihn nach einer Weile.

Manfred rührte sich nicht. Regungslos starrte er zu Timmys Baum hinüber.

"Manfred? Was ist los?", rief Timmy schließlich ungeduldig, nachdem Manfred seine Frage noch immer nicht beantwortet hatte. "Was ist passiert?", fragte er.

Aber Manfred antwortete nicht.

Was soll ich nur tun?, fragte sich Timmy schließlich. Manfred scheint sich so erschrocken zu haben, dass er in einer Schockstarre verharrt. Aber er hat mir in meiner Not geholfen und jetzt muss und will ich ihm auch helfen. Immerhin ist er mein bester Freund, sagte er sich und nahm seinen ganzen Mut zusammen. Vorsichtig kroch Timmy auf dem ausladenden Ast, an dessen Ende Manfred noch immer regungslos saß, nach vorne.

"Manfred", flüsterte er. "Halte durch! Ich bin gleich bei dir und helfe dir! Streck mir deine Pfote hin, dann kann ich dich vorsichtig zur Baummitte zurück ziehen."

Doch Manfred rührte sich nicht.

Vorsichtig kroch Timmy weiter nach vorne. Als er Manfred endlich erreicht hatte, fasst er ihn von hinten am Arm. "Komm, alter Freund, wir klettern jetzt vorsichtig wieder zurück!"

Aber Manfred bewegte sich immer noch nicht. Statt dessen sagte er nur: "Schau mal!", und deutete mit dem Finger nach vorne zu Timmys Baum. "Schau mal, wie schön!"

Timmys Blick schweifte zu seinem Baum herüber und er musste schlucken. Er kam aus dem Staunen nicht mehr heraus.

Sein Baum war von oben bis unten mit einer Lichterkette geschmückt, die hell leuchtete und den ganzen Baum erstrahlen ließ. Große goldene und silberne Weihnachtskugeln glänzten um die Wette und dutzende von angehängten Sternen schwangen im leichten Winterwind hin und her. Es war eine wahre Freude, den Baum anzusehen.

"Ist das schön!", sagte Timmy ganz ergriffen. "So etwas Schönes habe ich noch nie gesehen."

Manfred nickte zustimmend. "Ich auch nicht."

Wie hypnotisiert saßen die beiden Eichhörnchen noch eine ganze Weile auf dem Ast und betrachteten den Weihnachtbaum.

"Und weißt du, was das schönste ist?", fragte Timmy seinen Freund Manfred.

Manfred schüttelte den Kopf. "Sag es mir!"

"Wenn Weihnachten vorbei ist, wird der ganze Weihnachtsschmuck wieder entfernt und ich kann wieder auf meinem Baum wohnen."
"Du hast recht", freute sich Manfred für seinen Freund. "Du hast vollkommen recht."

"Schöne Weihnachten, Timmy", sagte Manfred nach einer Weile.

"Dir auch", antwortete dieser und hatte Tränen in den Augen. "Schöne Weihnachten auch dir!" Dann musste er schlucken. "Es tut gut, einen zuverlässigen Freund zu haben, aber es ist auch ein gutes Gefühl, wieder nach Hause zurückkehren zu können!"

# Die Katzen

Minka, die alte Katze fühlte sich alleine. Seit Ende des Herbstes war Elli, die Katze von nebenan, verschwunden. Elli und Minka waren beste Freundinnen gewesen und hatten über Jahre hinweg zusammen immer viel Zeit im Garten verbracht.

Sie hatten sich damals auf Anhieb gut verstanden, als ihre Besitzer aufs Land gezogen waren und beide Katzen im Garten frei herumlaufen durften.

Minka dachte gern an die guten alten Zeiten zurück, in denen sie mit Elli herumtollen und die Natur erkunden konnte.

Aber eines Tages war Elli weg gewesen. Minka hatte von ihren Besitzern nur Wortfetzen, wie *Umzug* und *Stadt* verstanden, hatte aber keinen Mut gehabt, Elli danach zu fragen. Und eines Tages war Elli einfach weg gewesen, nachdem ein großer LKW vor dem Haus abgefahren war.

Jetzt schaute Minka hinaus in den Garten und vermisste ihre Katzenfreundin so sehr. Sie fühlte sich allein und einsam.

Auch der Gedanke an das bevorstehende

Weihnachtsfest konnte sie nicht trösten. Natürlich liebte sie die Gemütlichkeit und den schön geschmückten Weihnachtsbaum, der immer so gut roch. Auch den Duft nach Keksen und Printen liebte sie sehr. Aber trotzdem erschien es ihr so, als würde Weihnachten nur halb so schön werden. Nicht, dass sich Minka und Elli an Weihnachten gesehen hätten. Allein aber schon der Gedanke daran, mit Elli nach Weihnachten im Garten wieder herum zu streunen und sich über das Weihnachtsfest austauschen zu können, hatte ihr Freude bereitet.

Doch dieses Jahr hatte Minka keine Lust auf Weihnachten. Ohne ihre Freundin Elli fehlte ihr etwas.

Doch die Zeit war nicht aufzuhalten. Die Tage wurden immer kürzer, Schnee fiel vom Himmel und schon bald stand Weihnachten vor der Tür. Im Wohnzimmer wurde der große Weihnachtsbaum aufgestellt und dekoriert und im ganzen Haus duftete es nach Tanne.

Minka seufzte. Sie wünschte sich, Weihnachten wäre bereits vorbei. Die kurzen Tage und die lange Dunkelheit machten sie nur immer noch trauriger. Sie hatte sich bisher jedes Jahr auf Weihnachten gefreut, doch dieses Jahr würde sie Weihnachten am liebsten verschlafen.

Doch der Heilige Abend kam bald und Minkas Besitzer machten es sich nach dem Festgottesdienst im Wohnzimmer gemütlich, um das Weihnachtsfest zu feiern. Sie tauschten Geschenke aus und ließen es sich bei einem Glas Wein gut gehen. Auch Minka hatte ein Geschenk bekommen. Einen kleinen Ball mit einer Kugel darin. Sie freute sich leider nur kurz darüber und musste wieder an Elli denken. Zu gerne hätte sie mit ihr zusammen den kleinen Ball gejagt.

"Du bist wohl immer noch traurig, dass Elli weg ist?", fragte Minkas Besitzerin und streichelte ihr sanft über das Fell. "Arme Minka", sagte sie nur.

Doch dann klingelte es an der Haustür und Minkas Besitzerin verließ das Wohnzimmer.

Minka hörte ein längeres Gespräch im Hausflur und kurz darauf wurde die Haustür wieder geschlossen.

Minkas Besitzerin kam zurück ins Wohnzimmer und trug einen Katzentransportkorb in ihrer Hand. Minka richtete sich verängstigt auf. "Wohin soll ich denn gebracht werden?

Oder verreisen wir? Wir sind doch noch nie an Weihnachten verreist." Viele Fragen gingen ihr durch den Kopf und Minka war sehr verunsichert.

"Na komm her, Minka", sagte Minkas Besitzerin und stellte den Transportkorb auf den Boden. Dann öffnete sie die vordere Klappe und winkte Minka zu sich.

Minkas Nackenhaare sträubten sich. Sie hasste Transportkörbe. Und ausgerechnet an Weihnachten stellte man ihr einen Transportkorb hin. Sie verspürte nicht die geringste Lust, in den Korb hinein zu gehen.

"Miau", machte es plötzlich aus dem Transportkorb. "Miau." Minka verschlug es fast den Atem. Das war die Stimme ihrer Freundin Elli.

Jetzt überschlug sich Minka fast und rannte auf den Transportkorb zu. Im gleichen Moment kam Elli aus dem Transportkorb heraus und schaute sich vorsichtig um.

"Elli!", miaute Minka. "Elli! Ich bin`s. Minka! Du bist hier bei mir zu Hause!"

Elli starrte Minka an. Dann lief sie auf ihre beste Freundin zu und beide Katzen schnurrten laut, hoben die Schwänze und rieben immer wieder ihre Körper aneinander. "Wie schön, dich wieder zu sehen", miaute Minka glücklich und auch Elli war die Freude deutlich anzumerken.

"Na, da ist uns ja die Überraschung gelungen", sagte Minkas Besitzerin plötzlich, als sie hörte, wie zufrieden beide Katzen schnurrten.

Minkas Besitzerin hockte sich neben die beiden Katzen, streichelte sie und sagte dann: "Elli wird jetzt bei uns wohnen. In der Stadtwohnung hat sie sich nicht wohl gefühlt und raus in die Natur konnte sie auch nicht. Jetzt bleibt sie bei uns. Ihre Besitzer haben uns gefragt, ob das möglich ist und wir haben natürlich ja gesagt. Ich hoffe, dass ist dir recht, Minka."

Minka strahlte ihr Besitzerin an und streifte glücklich schnurrend um deren Beine herum.

"Ich wusste gar nicht mehr, wie schön Weihnachten sein kann", schnurrte Minka und auch Elli stimmte in das Schnurren mit ein. Sie waren sich beide einig darüber, dass sie nie zuvor ein schöneres Weihnachtsfest erlebt hatten.

# Der junge Hund und der alte Kater

Mikesch, der alte Kater, war erst vor kurzem in die junge Familie aufgenommen worden. Herr Schneider, Mikeschs vorheriger Besitzer, war in ein Seniorenwohnheim gezogen und dort durfte er Mikesch, der über 12 Jahre lang bei ihm gewohnt hatte, nicht mit hinnehmen.

Herr Schneider war darüber sehr traurig gewesen und auch Mikesch hatte gespürt, dass sich sein Leben verändern würde. Aber so sehr Mikesch auch miaute, es ließ sich nicht ändern. Herr Schneider konnte nicht mehr alleine in seiner großen Wohnung bleiben und das Seniorenwohnheim, das er sich ausgesucht hatte, schien ihm ein guter Ort zu sein, um dort zu leben. Traurig hatte er aber immer wieder zu Mikesch, der aufgrund seines Alters die meiste Zeit auf einem Kissen vor der Heizung lag und vor sich hin träumte, herüber geschaut. "Tut mir leid, Mikesch", hatte er oft gesagt. "Aber für dich finde ich auch noch eine gute Unterkunft. Ich bin froh, dass du so ein unkompliziertes Tier bist und mit anderen Haustieren gut auskommst. Wenn ich daran denke, dass wir damals zwei Hunde und drei Katzen hatten, als du noch jung warst", sagte Herr Schneider und schmunzelte. Er dachte gern an seine verstorbene Frau und die gemeinsame Vergangenheit zurück, als die Wohnung voller Leben nur so sprudelte und ihre gemeinsamen Kinder und die Haustiere die Wohnung zu einem lebendigen Ort gemacht hatten. Doch diese Zeiten waren seit langem vorbei.

Eines Tages war es dann soweit. Es klingelte an der Tür und eine junge Frau betrat die Wohnung von Herrn Schneider. "Ich komme wegen des Katers", sagte die junge Frau.

Als Herr Schneider sie zu Mikesch führte, begrüßte die Frau den Kater sehr freundlich. "Du wirst es gut bei uns haben", sagte sie und streichelte sein Fell.

Herr Schneider nahm Mikesch auf den Arm, drückte ihn liebevoll und gab ihm zum Abschied einen Kuss auf den Kopf. "Passen Sie gut auf ihn auf", sagte er zu der jungen Frau, als er Mikesch in den Transportkorb hob und die kleine Tür schloss. "Ich werde dich nicht vergessen."

"Machen Sie sich keine Sorgen", sagte die junge Frau einfühlsam. "Meine Familie liebt Tiere und wir haben auch schon einen Hund, der sich mit Katzen gut versteht, zwei Kaninchen und auch ein Aquarium. Eine Katze haben wir uns schon lange gewünscht. Und wenn wir Ihnen hiermit einen großen

Gefallen tun, nehmen wir Ihre Katze natürlich noch lieber bei uns auf."

Der Abschied von Herrn Schneider war nun zwei Monate her und Mikesch hatte sich gut in seinem neuen Zuhause eingelebt. Er hatte zwar das Gefühl, alleine zu sein, aber die meiste Zeit des Tages verbrachte er sowieso auf dem Katzenkissen auf einem Sessel, der im Esszimmer stand und schlief. Hin und wieder wurde er von dem jungen Hund mit Namen Beppo geweckt, wenn dieser durch das kleine Haus tollte, aber die meiste Zeit ließ man ihn in Frieden und versorgte ihn gut. Seine neuen Besitzer waren wirklich sehr freundliche und tierliebende Menschen.

"Bald ist Weihachten!", rief Beppo eines Morgens und sprang aufgeregt vor Mikeschs Sessel hin und her. "Bald ist Weihnachten!"

Mikesch, der gerade gefrühstückt hatte und wieder eingeschlafen war, öffnete ein Auge und schaute gelangweilt zu Beppo. "Na und?", fragte er. "Weihnachten ist ein Tag wie jeder andere auch." Mikesch dreht sich herum.

"Nein!", rief Beppo. "Weihnachten ist das Fest der Liebe und der Freude." Er schaute Mikesch noch eine Weile an, doch dieser machte keine Anstalten, sich in irgendeiner

Form auf eine Diskussion über Weihnachten einlassen zu wollen.

Schließlich verließ Beppo beleidigt den Raum.

Mikesch atmete tief durch. Endlich hatte er wieder seine Ruhe. Er stellte fest, dass er den kleinen aufgeregten Hund nicht leiden konnte. Er war ihm einfach zu hektisch und zu nervös. Gut, dass er wieder weg ist, dachte sich Mikesch.

Die nächsten Tage herrschte rege Betriebsamkeit im Haus, aber Mikesch ließ sich nicht aus der Ruhe bringen. Er aß, trank und schlief und ließ die Tage und Nächte an sich vorbeiziehen.

"Es ist Heilig Abend!", rief Beppo eines späten Nachmittags und rannte aufgeregt hin und her. "Du musst unbedingt mitkommen und dir etwas ansehen!"

Beppo bellte aufgeregt und sprang an dem Sessel, auf dem Mikesch sich niedergelassen hatte und eingeschlafen war, hoch. "Komm schon! Komm!" Die Wohnzimmertür steht offen! Steh endlich auf!"

Mikesch öffnete verschlafen seine Augen. "Was willst du von mir?", fragte er Beppo. "Ich bin müde. Lass mich in Ruhe!" Mikesch schloss seine Augen wieder, um demonstrativ zu zeigen, dass er weiter schlafen wollte.

Doch diesmal ließ Beppo nicht locker. Immer wieder sprang er an dem Sessel hoch und stupste Mikesch mit seiner Schnauze an. "Steh auf! Komm mit!", rief er. "Wenigstens einmal gucken", drängte er. "Bitte! Ich lasse dich danach auch wieder schlafen."

Mikesch wurde klar, dass er keine Ruhe mehr haben würde, wenn er nicht mit Beppo mit-gehen würde. Er wusste zwar nicht, was der Hund ihm zeigen wollte, aber wenn er sich danach wieder hinlegen und schlafen durfte, musste er wohl jetzt klein beigeben.

Langsam stand Mikesch auf, streckte sich genüsslich und schaute Beppo an. "Aber wehe, es lohnt sich nicht, dass ich aufgestanden bin!" Für einen kurzen Moment zeigte Mikesch seine Krallen. Dann sprang er von seinem Sessel herunter und folgte Beppo, der bereits in Richtung Wohnzimmer unter-wegs war.

Als Mikesch den Hund, der in der Wohnzimmertür stehen geblieben war, ein-holte, blieb er wie angewurzelt stehen.

Mikesch starrte wie gebannt auf den geschmückten Weihnachtsbaum, der im Wohnzimmer stand. Er schien riesig zu sein. Die elektrischen Kerzen, die am Baum befestigt waren, beleuchteten den ganzen Raum und schenkten ihm ein warmes und gemütliches Licht. Strohsterne in allen Größen und hölzerne Äpfel hingen an den Zweigen und schienen mit den glänzenden Christbaumkugeln zu wetteifern, wer am schönsten aussah. Eine goldene Christbaumspitze rundete das prachtvolle Erscheinungsbild des Weihnachtsbaums perfekt ab.

Mikesch stockte für einen Moment der Atem und ihm schossen die Tränen in die Augen.

"Das hatte ich ganz vergessen", sagte er und Beppo schaute ihn verwundert an.

"Was meinst du?", fragte Beppo vorsichtig. "Was hast du vergessen?"

Mikesch musste schlucken. Dann sagte er: "Ich hatte ganz vergessen, wie schön ein Weihnachtsbaum sein kann." Er holte tief Luft und fuhr fort: "Seit dem Tag, an dem Herr Schneider und ich alleine lebten, haben wir keinen Weihnachtsbaum mehr gehabt und ich hatte ganz vergessen, wie schön ein Weihnachtsbaum ist."

Mikesch dachte an Frau Schneider, die schon lange nicht mehr lebte, an seine ehemaligen Spielgefährten, die Katzen und die Hunde, mit denen er zusammen gelebt hatte, aber auch an Herrn Schneider, der nun im Seniorenwohnheim lebte.

"Fröhliche Weihnachten, Herr Schneider", sagte Mikesch leise und wurde ganz traurig, weil er sich schrecklich einsam fühlte.

"Fröhliche Weihnachten", sagte Beppo plötzlich und rückte ein wenig näher an Mikesch heran.

Für einen kurzen Moment war Mikesch überrascht, doch dann erwiderte er: "Danke, dass du so hartnäckig warst und mich geholt hast." "Na klar", sagte Beppo beschwingt, "Ich bin doch dein Freund."

"Ja", sagte Mikesch nach einer Weile ganz gerührt und fühlte sich plötzlich gar nicht mehr so einsam. "Ich wünsche dir auch Fröhliche Weihnachten." Und dann fügte er noch hinzu: "Danke, mein lieber Freund."

# Die Hasenfamilie

"Mir ist kalt", sagte Willi, der kleine Hase, zu seinem Vater. "Und ich habe kalte Hinter-füße."

"Du hast keine Füße", erwiderte sein Vater. "Du hast Hinterläufe."

"Egal", meinte Willi. "Jedenfalls sind sie kalt!"

"Bald ist Weihnachten", sagte Willis Vater bedeutungsvoll und schaute seinen Sohn an.

Willi betrachtete seinen Vater. "Was ist denn Weihnachten? Wird mir davon wärmer?", fragte er.

Willi erhoffte sich eine genaue Antwort, aber sein Vater schüttelte nur den Kopf. "Warte einfach ab und hab Geduld. Bald ist Weihnachten. Das ist etwas ganz besonderes."

Nach einem kurzen Moment meldete sich Willi wieder zu Wort. "Mir ist kalt und Hunger habe ich auch. Es ist kaum etwas zu fressen da."

"Ich weiß", sagte sein Vater. "Das hast du in der letzten halben Stunde bereits ein Dutzend mal gesagt."

Ernst schaute er seinen Sohn an. "Das ist nun mal so im Winter. Es ist kalt, die meiste Zeit ist es dunkel und das Fressen ist knapp. Aber bald ist Weihnachten."

"Bald ist Weihnachten. Bald ist Weihnachten", wiederholte Willi und überlegte, was sich dann wohl ändern würde. Es würde wohl immer noch kalt und dunkel sein und er würde auch immer noch Hunger haben. Was sollte an Weihnachten denn anders sein, grübelte er. Er hatte bisher noch kein Weihnachtsfest erlebt und wusste nicht, was er von dem Fest halten sollte.

Willi wurde noch ungeduldiger: "Wann genau ist denn Weihnachten? Ich habe jetzt Hunger!"

Sein Vater verdrehte die Augen. "Du kannst manchmal ziemlich anstrengend sein", sagte er. "Warte einfach ab. Es handelt sich nur noch um ein paar Tage. Dann wirst du es erfahren." Um von den Fragen seines Sohnes Ruhe zu haben, entschied er sich, erstmal im Erdbau zu verschwinden. Traurig schaute Willi ihm hinterher.

Manchmal kann er mir mit seiner Fragerei ganz schön auf die Nerven gehen, dachte der Vater. Zum Glück waren die anderen Hasenkinder nicht alle so anstrengend wie Willi.

"Warum willst du ihm nicht sagen, was Weihnachten ist?", fragte die Hasenmutter ihren Mann. "Willi platzt ja fast vor Neugierde und Ungeduld."

"Ich weiß", sagte der Vater. "Aber er muss lernen, geduldig zu sein und seine Neugierde zu zügeln."

Doch Willi war alles andere als geduldig. Die kommenden Tage wurde er nicht müde, seinen Vater immer wieder nach Weihnachten zu fragen. Auch seine Mutter und Geschwister, Tanten und Onkel wurden von seiner Fragerei nicht verschont.

"Ich bin froh, dass bald Weihnachten ist", sagte seine Mutter eines Abends genervt. "Dann hört die Fragerei endlich auf."

Doch die nächsten Tage über war Willi noch aufgeregter als sonst und konnte es kaum noch abwarten. "Wann geht es denn los?", löcherte er seine Eltern immer wieder und wieder. "Wann ist denn endlich Weihnachten? Was passiert denn dann?", wollte er unbedingt wissen. Er wusste, dass er seine Eltern mit der ständigen Fragerei stresste, aber er konnte einfach nicht anders.

Manchmal war Willi sich sicher, dass seine Eltern ihn deswegen nicht mehr lieb hatten. Schließlich hätten sie ihm ja bestimmt sonst schon verraten, was es mit Weihnachten auf sich hat.

"Heute ist Weihnachten", sagte seine Mutter dann endlich ein paar Tage später. "Und heute Nacht wirst du sehen, was Weihnachten bedeutet. Weihnachten ist etwas ganz besonderes. Hab` noch ein wenig Geduld."

Doch nach Willis Empfinden zog sich der Tag schier endlos dahin.

Aber schließlich wurde es doch endlich Abend und die ganze Familie hoppelte in ihren Bau zurück.

"Ihr müsst jetzt noch ein wenig schlafen", sagte die Mutter. "Heute ist die heilige Nacht und da müsst ihr ausgeruht sein. Ich wecke euch nachher."

Die kleinen Hasen konnten zunächst alle nicht einschlafen, doch nach und nach fielen ihnen die Augen zu und es kehrte Ruhe im Hasenbau ein.

Nach einer ganzen Weile weckte die Mutter die Hasenkinder vorsichtig auf. "Wacht auf,

Kinder!", drang die Stimme von Willis Mutter irgendwann sanft auch in sein Ohr. "Wacht auf! Es ist soweit. Heute ist die Heilige Nacht."

Es war stockdunkel im Bau, aber alle Hasen sprangen aufgeregt auf und warteten gespannt darauf, was geschehen würde.

"Wir machen uns jetzt auf den Weg zum Menschendorf", verkündete der Vater schließlich und die kleinen Hasen zuckten zusammen. "Zu den Menschen ins Dorf?", fragte ein kleiner Hase. "Aber du hast doch immer gesagt, dass wir uns vor den Menschen in Acht nehmen sollen."

"Das stimmt auch", sagte der Vater. "Aber heute ist die Heilige Nacht und da ist alles anders."

Seine Worte beruhigten die kleinen Hasen ein wenig. Ihr Vater würde schon das richtige tun. Schließlich war er ja schon sehr alt und erfahren.

Schon bald war die ganze Hasenfamilie auf dem Weg ins Dorf.

Willi hoppelte ganz dicht hinter seinem Vater her. Er war mit Abstand der aufgeregteste Teilnehmer der ganzen Gruppe und wollte nichts verpassen.

"Wartet hier!", sagte der Vater nachdem sie eine Weile unterwegs waren und das Dorf schon fast erreicht hatten. "Ich schau erst nach, ob alles in Ordnung ist. Wartet auf ein Zeichen von mir!"

Der Vater hoppelte lautlos vorsichtig weiter, so dass die anderen Hasen ihn kaum noch sehen konnten. Willi zitterte vor Aufregung. "Was wird heute geschehen?", fragte er die anderen ständig.

Dann gab der Vater endlich das verabredete Zeichen und alle Hasen hoppelten leise zu ihm hin.

Gemeinsam zogen sie dann weiter über einen großen Dorfplatz, bis der Vater vor einer großen Holzhütte stehen blieb. "Da ist es!", sagte er und zeigte auf den alten Stall, dessen großes Tor weit geöffnet war.

"Das ist die heilige Krippe", erklärte der Vater. "Heute ist die Heilige Nacht und die Menschen feiern das Weihnachtsfest. Dort drin in einem Bett aus Heu und Stroh liegt das Jesuskind." "Heu und Stroh", wiederholte Willi die Worte seines Vaters. "Dürfen wir das Heu fressen?", fragte er verunsichert.

"Ja", sagte der Vater. "Fresst euch nur satt. Es ist soviel da, dass die Menschen nicht bemerken werden, wenn etwas fehlt."

Die Hasenkinder jubelten und machten sich gleich auf den Weg in den Stall. Mit Genuss und großem Appetit machten sie sich über das Heu her.

"Warum liegt denn das Jesuskind hier im Stall?", fragte Willi als er zu seinem Vater zurück gehoppelt kam.

"Das ist nur eine Puppe", antwortete dieser. "Und das ist eine ganz alte und lange Geschichte. Die erzähle ich dir ein anderes mal, wenn wir wieder zu Hause sind."

Wieder stellte Willi eine Frage: "Warum durfte ich denn vorher nicht wissen, was Weihnachten bedeutet?"

"Ganz einfach", sagte sein Vater. "Du solltest lernen, geduldiger zu sein. Das ist wichtig im Leben! Mit Geduld und Ruhe lassen sich Situationen besser beurteilen und einschätzen! Das kann dir vielleicht mal das Leben retten."

Willi dachte nach. Er wusste, dass er nicht

geduldig gewesen war. "Aber ihr hättet mir doch vorher verraten können, dass wir an Weihnachten Heu zu fressen bekommen. Und dass wir jetzt endlich wieder mal warme Läufe haben."

"Nein, hätten wir dir vorher verraten, was es mit Weihnachten auf sich hat, wärst du ja noch ungeduldiger gewesen", sagte sein Vater. "Und außerdem wäre es dann keine Überraschung mehr gewesen."

Willi wiegte seinen Kopf hin und her. "Stimmt! Die Überraschung ist euch gelungen." Willi strahlte.

"Und?", fragte der Vater. "Kannst du dir vorstellen, was Weihnachten sonst noch bedeutet? Außer Fressen und warmen Läufen?"

Willi überlegte. Dann schoss es aus ihm heraus: "Weihnachten ist dazu da, anderen eine Freude zu machen."

"Genau!", sagte sein Vater. "Und vor allem denen, die man sehr lieb hat." Sein Blick streifte die gesamte Hasenfamilie und natürlich auch Willi.

Willi war gerührt. "Dann habt ihr mich auch

lieb? Obwohl ich immer so viele Fragen stelle?"

"Obwohl du immer so viele Fragen stellst", sagte sein Vater und seine Mutter nickte. "Wir haben dich trotzdem lieb."

Willi war sprachlos und er nahm sich vor, zukünftig geduldiger zu sein. Schließlich konnten am Ende ganz besondere Überraschungen als Belohnung auf einen warten.

# Das Aquarium

Sie schwammen von rechts nach links. Dann wieder von links nach rechts und wieder zurück. Den ganzen Tag.

"Was für ein langweiliges Leben", sagte der ältere Goldfisch zu seinem Freund, der neben ihm schwamm. "Hier in dem Aquarium gibt es keine Pflanzen, keine Verstecke und noch nicht einmal ein Stück Wurzel als Dekoration, an der ich mich erfreuen könnte. Jeder Tag und jede Nacht ist wie die vorhergehenden Tage und Nächte." Er seufzte.

"Beobachte doch einfach die Menschen, wenn sie im Zimmer sind", sagte sein jüngerer Freund. "Die streiten sich bestimmt wieder, drehen die Fernsehlautstärke voll auf oder hören laute Musik. So wie fast jeden Abend. Das ist doch ganz lustig."

Der ältere Goldfisch schüttelte den Kopf. "Nein, dieser Lärm macht mir keinen Spaß. Er lässt nur die Scheiben von unserem Aquarium vibrieren und das macht mich immer ganz nervös."

Mit diesen Worten nahmen die beiden Goldfische ihren gewohnten Schwimmrhythmus wieder auf. Von rechts nach links und von links wieder nach rechts und dann das ganze wieder von vorne. So wie immer.

Eines Abends trugen die Menschen einen großen Tannenbaum in das Wohnzimmer und stellten ihn in einer Halterung mitten in den Raum.

Der jüngere Goldfisch drückte seinen Kopf an die Aquariumsscheibe. "Schau mal!", rief er seinem Freund zu. "Die bauen da irgend etwas auf."

Der ältere Goldfisch wurde neugierig. "So einen großen Baum habe ich noch nie gesehen."

Die beiden Goldfische beobachteten gespannt, wie die Menschen eine Lichterkette an dem großen Baum befestigten und glänzende Kugeln und Strohsterne an die Äste hingen.

"Wozu soll das gut sein?", fragte der jüngere Goldfisch. Aber auch sein Freund hatte keine Idee, was das zu bedeuten hatte. Schließlich hatte das Aquarium bisher im Kinderzimmer gestanden und dort hatten sie so etwas noch nie gesehen.

Als die Menschen den Baum fertig geschmückt hatten, gingen sie wieder ihren
normalen Beschäftigungen nach und auch die
beiden Goldfische schwammen wieder wie
gewohnt den ganzen Tag von einer Ecke in
die andere Ecke und langweilten sich sehr.

Eines Abends betrat die gesamte Familie das
Wohnzimmer. Sie waren alle sehr festlich
gekleidet und sprachen nur sehr leise und
ruhig. Keine einzige Vibration übertrug sich
auf die Scheiben des Aquariums.

Der jüngere Goldfisch wurde neugierig.
"Schau mal!", sagte er zu seinem Freund.
"Irgend etwas scheint heute zu passieren."

"Hoffentlich wird es nicht wieder zu laut und
hektisch da draußen", sagte der ältere
Goldfisch und kam näher. Interessiert
beobachteten die beiden das Verhalten der
Menschen.

Plötzlich wurde es außergewöhnlich hell im
Wohnzimmer. Die beiden Goldfische zuckten
erschrocken zusammen und waren ganz
aufgeregt. Verzweifelt suchten sie nach einem
Versteck in ihrem Aquarium und rasten hin
und her durch das aufgewühlte Wasser. Da
sie aber keine Versteckmöglichkeit finden
konnten, gaben sie irgendwann völlig

erschöpft auf und hielten an. Ihre Herzen klopften wie wild, aber schließlich kamen sie langsam zur Ruhe. "Es ist nichts passiert", flüsterte der ältere Goldfisch und schaute ins Wohnzimmer. "Das Licht an dem Baum wurde nur eingeschaltet", sagte er dann und zeigte mit seiner Flosse nach vorne. "Sieh nur, wie schön der Baum leuchtet."

"Oh! Wie schön!", sagte der jüngere Goldfisch. "Der ganze Raum wirkt so festlich. Und die Menschen sind so ruhig und entspannt. Schau mal, sie beschenken sich sogar gegenseitig. Noch nicht einmal die Kinder streiten sich so heftig wie sonst immer. Heute scheint ja ein ganz besonderer Tag zu sein."

"Ja, das scheint mir auch so", sagte sein Freund. "Es ist alles so friedlich und still. Und es wirkt alles so harmonisch."

Der jüngere Goldfisch dachte nach. "Nennen wir den Tag heute doch einfach Stiller Tag", schlug er vor. "Der heutige Tag hebt sich ja schließlich deutlich von allen anderen Tagen ab."

Sein Freund überlegte. "Aber der Tag ist doch schon vorbei", meinte er schließlich.

"Hm, da hast du recht. Es ist ja schon spät.

Draußen ist es schon ganz dunkel." Er überlegte. "Dann nennen wir ihn doch Stille Nacht!", rief er erfreut.

Sein Freund nickte: "Ja, das passt eigentlich!", meinte er. "Stille Nacht. Sehr gut. Heute ist die Stille Nacht."

Nachdenklich betrachtete der jüngere Goldfisch den Weihnachtsbaum. Schließlich sagte er: "Schade, dass wir uns mit den Menschen nicht verständigen können. Sonst hätten wir ihnen sagen können, dass heute die Stille Nacht ist."

"'Vielleicht wissen sie es ja schon", meinte der ältere Goldfisch. "Schließlich macht heute alles einen sehr feierlichen Eindruck. So als wäre ihnen der heutige Tag heilig."

"Stille Nacht. Heilige Nacht", sagte der ältere Goldfisch und beide mussten lachen.

"Irgendwie fühlt sich der Name passend an", sagte der jüngere Goldfisch nach einer Weile zu seinem Freund.

"Stimmt, heute ist alles anders als sonst", entgegnete dieser und die beiden Goldfische schauten sich kurz an. Dann begannen sie wieder, in ihrem Aquarium hin und her zu schwimmen.

Und obwohl ihr Aquarium noch immer lang-
weilig war, fühlten sie sich sehr wohl. Denn
sie hatten beide das Gefühl, dass sie gerade
eine ganz besondere Zeit erlebten und alles
andere im Moment gar nicht mehr so wichtig
war.

Einen lieben Dank an alle,
die mich in meiner Kreativität
unterstützen und die an mich glauben.


Ein herzliches Dankeschön besonders an Piet
Schupp, der mit seinem zeichnerischen
Können für einen gelungenen optischen
Leseauftakt sorgt!

Bibliografische Information der Deutschen Nationalbibliothek: Die Deutsche Nationalbibliothek verzeichnet diese Publikation in der Deutschen Nationalbibliografie; detaillierte bibliografische Daten sind im Internet über http://dnb.dnb.de abrufbar.

Herstellung und Verlag:
BoD - Books on Demand, Norderstedt

ISBN 9783744886932

9 783744 886932